눈부신 꽝
김연숙 시집

문학동네시인선 075 김연숙
눈부신 꽝

시인의 말

—

여기에 내가 있었다.

누군가 글자를 새겨놓았다는
수용소 마당의 돌멩이를 생각하곤 했다.

이 작은 돌멩이 하나를 이제
그대에게 보내드린다.

2015년 11월
김연숙

차례

1부 딱 우리 얼굴의 앳된 여자

2부 저 무성한 생각덩이들

4부 들판에 겨울 오는데

1부
딱 우리 얼굴의 앳된 여자

틈새

언젠가는 저 틈새를 건너야 한다
춤을 추듯 가볍게
건너야 한다

공포는 지금
살아 있다는 표시
성(聖) 카타리나*의 심장도 몹시 뛰었다
소리를 내며 맞물려오는 톱니바퀴엔
굳은 피와 뼛조각 끼어 있었다
두 눈을 감았을까

두 개의 바퀴가 굴러온다
성녀는 아름답게
힘있게
틈새를 뛰어넘었다

공포는 크고 아름다운 문이었다

* 알렉산드리아에 태어났던 동정 순교자.

대표 선수

종의 기원에 대해서는 알지 못합니다
다만 광장과 오솔길들의 붐비던 추억에 대해
뇌수에 기록된 고유한 밤의 축제에 대해
그것은 저에게도 약속된 권리겠지요
유지(油脂)와 설탕과 끓어넘칠 듯 발효되어가는
유유상종의 적나라한 흥겨움
권태를 모르던 그 기쁨이 저에게는 왜?
지역 불평등의 문제일까요
공존의 평화는 그렇게나 힘든 걸까요
마을을 급습한 화생방 살포
흩어져 누운 형제들의 시신을 멀리하고
이렇게 혼자 종이 사막 위를 지나는
참으로 메마른 시간입니다
젖과 꿀의 그 마을에 다시 들 수 있을까요
적자생존과 이해관계라면 저는 알지 못합니다
랜덤으로 주어진 제 뿌리의 맹목적인 지향을
끝까지 따라갈 뿐
이 눈부신 침묵의 시간대에 거꾸로 붙어
직선으로 걷고 있는, 제 말간 등판 위에
독하게도 선명한 까만 마크 보셨나요
저는 제 종족의 대표 선수
가스총과 연막탄 속에서 갓 깨어난, 귀한

손톱과 부리

압착기에서 포도는 으깨졌다
내일은 밝을 것이다 난파자는 말했다

불행한 부랑자는 당신의 가슴속에 피신한다
인간은 인간에게 늑대
그의 변호사는 공허한 문장들로
그가 전적으로 무죄함을 증명한다

산다는 힘든 직업
그가 쐐기 풀숲에서 나올 때 죽음이 그를 잡았다
폐허조차도 사라져버렸다

그리고 부드러운 마사(麻絲) 옷차림의 베로니카가
여전히 길을 지난다
그렇게 솔직한 유리에 나는 자주 손을 베었다

내일은 밝을 것이다 난파자는 말했다

* 이 시는 조르주 루오의 그림 제목으로 이루어졌다.

고리들

한 남자의 손목에 수갑이 채워질 때
온 사람의 손목이 선뜻하다

안개에 철조망이 삭아가는 비탈길에서
등뒤로 묶인 때묻은 손톱들이 움찔거릴 때

휘파람을 날리며 보고타의 외곽 골목을 빠져나가는
보드 위의 소년
헐렁한 그 손목이 선뜻하다

마감 전 월가의 자판 위를 날으는 흰 셔츠
금융맨의 손목에도
금속성의 바람 자락 슬쩍 걸린다

누군가 한 사람
뺨을 맞고 걷어차여 담 밑으로 주저앉을 때

먼 도시의 야시장 익숙하게 흥정하며
갈고리로 치켜들던 은빛 생선 한 마리
장사하던 누군가의

눈앞 문득 아찔하다 아득하다, 이유도 없이

하얀 덧문의 나라

하마탄*, 사막의 폭풍이 불면 꽁꽁 덧문을 닫는 나라에
산 적이 있다
　깜깜해진 실내에서 유리창 밖 나무 덧문 빗살 틈새로 내
다보았다
　회오리쳐 몰아오는 모래 폭풍, 들판을 스쳐 야자수 로터
리를 스쳐
　바덴 고부리 샤라 쎄따** 하우스 넘버 식스틴 3F 우리집
나무 덧문 빗살 틈새로 곧장 몰아닥쳐 파고들고 짙게짙게
흔적 남기는
　먼 사막의 뜨거운 기억, 어둠에 숨어 엿보기만 했었다
　오늘은 아픈 꿈속으로 네가 찾아들었다 초라한 나의 실
내 미안해하며
　네 무릎에 기대어 꿈속에서 다시 잠 속으로 빠져들었다
　깨어보니 맨바닥에 홀린 듯 잠들었던 나만 남아
　꿈의 바깥 잠의 바깥으로 걸어나오고 드디어 편지를 썼다
　지우고 지워 뼈만 남은 그 편지를 네게 보내고
　깜깜한 나무 덧문 속으로 다시 숨어들었다 후회했지만
　가끔은 열었다 닫는 환기가 필요함을 상기하며 잊기로 했다
　잠시라도 활짝, 모두 여는 것만은 아직 내게 무리다 어
둠 속에
　조금 웃기도 한다 하마탄, 뜨거운 사막의 기억이 몰아닥
치면 일제히
　하얀 덧문을 닫는 그 나라에 나는 아직 살고 있다

* 하마탄: 사하라 남부로 주로 겨울철에 북동쪽이나 동쪽에서 불어
오는 덥고 건조한 모래바람.
** 바덴 고부리 샤라 쎄따: 다리 너머 6번가라는 뜻의 아랍어.

새우를 먹는 저녁

둥글게 휘어지는 해안도로를 오래 달려
포트사이드에 닿았다
환전상과 털가죽과 고가구 들이 알록달록 충돌하는
대륙 북단의 항구도시 포트사이드
늦저녁을 먹으러 들어갔던 노천 식당

생나무 냄새를 뿜는 대팻밥이 온 바닥에 깔리고
뜨거운 돌 위에 새우들이 둥글게 몸 굽히며 구워지고 있
었다

콧수염 아랍 남자와 저녁을 먹고 있는
딱 우리 얼굴의 앳된 여자, 교민대회 때는 보지 못한

북쪽 미인계 첩보원일까
무슨 미션을 수행하러 여기까지 왔을까
콧수염 남자와 어떤 관계일까 접선중일까
귀기울여 들어봐도 통 말이 없고
아는지 모르는지 어린것들까지도 잠잠히

지중해의 분홍새우를 우물거리며
낯선 여자만 느끼는, 엿듣는
기이하고 조용한 저녁

구불구불 대팻밥 위로 놓인 발들 자꾸 어색한   ―
먼 바닷가 외딴곳의 외인들
서로 몸 굽히며 기울이는 낯선 저녁이었다

고트스킨

산양 가죽으로 만든 부츠를 신고
비 오는 겨울 도시를 걸어다녔다
나의 살은 너의 가죽을 덧입고 안전하였다
카페에 들어가 창밖을 보며
오래 입은 가죽 코트 손끝으로 어루만진다
남의 살갗을 만지는 것은 부드럽고 슬픈 일
돌산 절벽에 단단한 뿔을 걸고
허공에서 잠들던
어린 짐승의 눈동자를 생각한다
별들 가득 반짝이는 밤하늘을 바라보다
스르르 눈을 감고 스며들던 혼자만의 잠
동굴도 바위틈도 불안하였다
둥글게 뒤로 뻗은 자신의 뿔밖에는
믿을 수 없어
짧고 검은 털 덮인 너의 피부는
그렇게 절벽 끝에서 단단해갔다
덫이, 사냥총이 그 잠을 포획했을까
흑요석 눈동자를 붙잡았을까
무두질과 염색을 거쳐 내게로 온
외롭던 잠들을 생각한다
남의 살갗을, 가죽을 만지는 일은
무섭고도 부드러운 일

내 겨울은 너의 살갗을 덧입어 춥지 않았다
잠시, 안전하였다

물의 방

　　따뜻한 물이었어 찰방찰방 걸어가는 맨발들의 방이었어
발목까지 차오르는 대리석 흰 바닥의 물길이었어 한낮이었
지만 높은 천장이 있어 눈부시지 않았어 지루하지 않았어
어디론가 가기 위해 지나는 기나긴 물의 플랫폼 찰방찰방
물소리를 들으며 아이처럼 걸어만 갔어 물 표면을 때리며
희게 씻기는 발바닥 발목을 감싸는 물의 기억들 그 온기가
좋았어 씻으며 걸어가는 그대로가 좋았어 한참을 걷다보니
어느 결에 어스름, 높은 천장 사라지고 대리석 흰 바닥도 끊
기고 핏기 없는 두 발이 문득 멈춘 이 서늘한 모래톱, 온기
가신 파도가 밀려드는 어두운 바다에서 두 발과 다리 지워
져가고 지나온 모든 방들 까마득히 멀어지는 여기는 더이상
방도 플랫폼도 아닌데

흙의 방

  그렇게 한참 걸었어 복도인지 회랑인지 어둑하고 지루한
길이었어 불쑥, 푸르스름한 어느 방에 들어가게 되었는데
천장까지 빼곡한 서랍들의 방이었어 간이 사다리를 딛고 올
라 서랍 하나를 열고 나의 것도 벗어 넣었지 배당받은 서랍
인지, 임의대로 빈칸 골라 넣은 건지 기억나진 않지만 안내
자가 없어도 자연스레 이어지는 프로그램 같았어 서랍을 닫
고 사다리를 내려와 그 방을 나오면서 생각하니 오래 사용
해온 얼굴을 반납하고 나온 거였어 복도인지 회랑인지 그대
로 조금 더 걸어 이번에는 환하게 열려 있는 방으로 들어가
게 되었는데 커다란 작업대가 있었어 잿빛 축축한 고령토
한 덩이가 둥글게 놓여 있고 이제 그걸 주무르고 치대고 공
기 빼고 부드럽게, 최대한 간절하고 다정하게 빚어보는 거
였어 영구히 반납하고 아득해진 그 얼굴을 다시 한번 불러
보는 거였어 이 막막한 회고의 방은 두번째의 방인데

공기의 방

　그림자처럼 검었어 창밖에서 바람 들어와 머리카락 나부
낄 때 식어가는 땀냄새도 조금씩 건너왔어 바라보다 잔을
들어 목 축이고 다시 또 바라보며 말은 전혀 없었어 생각나
지 않았어 모든 것이 그대로 다만 잠잠해갔어 감싸쥐고 만
지던 그 잔의 거친 감촉 지금까지 생생해 네 눈가 잔주름
에 스며들던 노을빛도 날카롭게 눈을 찔러 술이었는지 물
이었는지 목구멍을 넘어가던 뜨거운 액체 그렇게 그 방 나
와 한 사람은 돌아가고 한 사람은 더 갔을까 뒷모습을 지켜
본 게 나였는지 너였는지 기억나진 않지만 초소 같고 주막
같은 그 어둑한 흙방에서 네 얼굴과 손 바라봤던 것인지 어
깨 뒤의 먼 들길 바라봤던 것인지 축축하고 푸근한 흙냄새
가 좋았어 숨쉬기가 편했어 아무것도 묻지 않고 사과도 인
사도 필요 없던 국경 부근 어딘가의 그 작은 방은 붉고 서
늘했는데

촛불의 방

아이를 업고 어둡고 긴 골목 속을 헤매다녔어 귤빛 촛불
들이 흔들리는 한지(韓紙) 미닫이를 일일이 열어보며 찾아
다녔어 궁궐의 뒤란처럼 구불구불 아득한, 커다란 공방 같
은 곳이었어 촛불에 달군 쇠침으로 가죽을 뚫고 다시 불에
비춰보며 저마다 몰두하는 궁인들 이 방 저 방 열어보며 등
에 업힌 딸아이는 몸을 점점 곧추세우고 더 둥글게 나의 등
은 굽어들었지 골목 안을 헤매다니다 문득 이상해서 발을
보니 맨발이었어 당황하며 깨어나니 땀에 젖어 앓고 있었지
아직도 느껴지는 신발의 감촉, 따끈하고 달큰한 어린 딸의
살내음 다시 잠이 들어 찾아와야 하는데 흔들리는 불빛 앞
에 벗어두고 온 신발도 애초에 찾던 무언가도, 등에 업힌 어
린것도 찾아와야 하는데 캄캄하게 애만 타는 꿈속의 구절양
장 그 골목에 돌아갈 수 있을까 허전하게 서늘하게 식어가
는 내 빈 등은 굽힌 그대로인데

쓴다

먼지 위에 쓴다
손가락을 담근 물의 속살에 쓴다
진흙 위에 쓴다 성에 위에 쓴다
번쩍이는 청동거울 한가운데 쓴다
모래 폭풍에 휩쓸려가는 글자들
버스를 타고 소풍 갈 때
앞에 앉은 아이가 창밖으로 놓친 모자를
뒷자리의 아이가 잡아챘던 것처럼
클릭, 하지 않으면
꼬리를 보이며 사라져가는 글자들
그래서 누군가는 지금도
꽁꽁 접은 종이쪽을 박아넣고 있다
웅얼웅얼 돌아서서 기도하는
오래된 돌벽 틈새로

새벽 꿈

집 앞 계단을 오르려는데
계단 끝에 혼자 앉아 고개 숙인 채
갈색 재생 노트에 낙서를 하고 있는
한 여자를 보았어
쓰여 있는 글자들을 보았지만
잊어버렸어 다만 그녀가,
제 인생을 묻고 있구나
길을 찾고 있구나, 이런 생각을 했어
내 눈길이 가닿자 무안한 듯 웃으며
얼른 가슴 쪽으로 글자들을 가리는
그녀는 그러나
남의 운을 읽어주는 점쟁이
나는 그녀에게 물었다
내 시집 언제 나올 거냐고
그것이 내게, 무엇이 되겠느냐고

내 창문의 역사

어느 나라였을까 목조 다락방, 겹겹의 지붕들이 내려다뵈고 완두콩 연두 이파리 창가에서 살랑대던 그 작은 방, 나는 긴 옷을 입고 누워 있는 아이였다 나무 계단 오르는 나지막한 발소리가 오트밀 한 그릇을 놓아두고 멀어져가면 다시 캄캄한 꿈길, 미열에 뜬 흰 발이 긴 복도를 더듬어갈 때 눈이 말간 씨앗들은 제각기 먼 곳으로 튕겨나는 꿈을 꾸며 깍지 속에 여물어가던

노을빛이 감청으로 시시각각 깊어져갈 때 저멀리 떠오르는 신기루 먼 바다를 향해 대지의 눈꺼풀들 환하게 열려오는 해안 마을 언덕 위 까마득한 망루에서 천만번의 밤과 낮을 보낸 적도 있었다 축축한 대기 속에 푸르게 녹슬어가는 청동의 종을 울려 내 안부를 풀어 보내면 멀리서 응답처럼 불어오던 그 바다의 훈풍이 그을린 내 살갗에 잔솜털을 소슬하게 세우고

야광의 파도들이 밀려와 부서지던, 꽁꽁 언 바탕화면에 박혀 있던 별 몇 개와 새벽까지 교신하던, 화창한 아침 새들 나뭇가지 뒤흔들던, 모래 폭풍 불어오면 빗살 덧문 닫아걸던 먼 나라 먼 기후의 창문 창문 곁을 지나고 지금 여기, 그림자만 스쳐가고 스쳐가는 이 옹색한 창가에서 나는 내 하루에 등을 돌린 채 한 번도 신발을 신어보지 않은 어린애로 한 세기의 밤을 다시 지난다

오래된 저녁

오늘밤도 창을 열고 내려다본다
요람에 안긴 별들처럼 아늑하게 반짝이는
언덕 아래 저, 알렉산드리아
얕은잠을 깨어나 술렁거린다

모퉁이를 돌아가는 부두 젊은이들의 취한 듯 젖은 목소리
어느 지붕 위에선가 들려오는 트럼펫 소리
짙푸른 하늘로 떨리면서 번져나는 아득한 저 빛깔들
항구는 달콤하게 칭얼거린다 바다로 하늘로 팔을 벌리고
먼 바다의 파도 소리 엿듣고 있다
언덕 위에 조금 열린 다락방의 들창도
가만가만 귀를 세워 함께 듣는다

아침이면 부두에선 빳빳하게 돛을 세운 하얀 배들을
먼먼 바다로 밀어보낸다
다락방의 은자(隱者)도 편지를 접어 언덕 아래 항구로 날
려보낸다
지중해 바다 멀리, 내륙 마을 깊숙이 모두 바라보이는
여기 이 언덕
태초부터 내가 살고 있노라고
사라진 옛 등대의 눈빛도 아직 여기 더 생생히
반짝이고 있다고

검은 당나귀

나는 이 세상의 드 트로(de trop),
신에도 인류에도 관련 없는 잉여물이다. _비트겐슈타인

언제 한번 대오에 끼어
주먹 쥔 적 있던가
외쳐본 적 있던가
누군가의 연인이, 추억이 되어본 적 있던가

붉고 푸른 페인트가 칠해진
거대한 말굽자석의

푸른빛의 극에도
붉은빛의 극에도

딸려가 닿지 못한,

2부

저 무성한 생각덩이들

키스

저녁은 오래된 약통 속의 먼지를 바라보네
흰 접시에 반쯤 남은 포도송이
달큰한 그늘 속에
슬며시 숨어드네, 스며드네

이제 아무도 백년 후의 한 사람을 위하여
시를 쓰지 않지, 검은 돌에 글자를
새겨넣지도 않지
하품을 겨우 참고
흘러간 명화를 다시 보는 사람들처럼
소일(消日)했을 뿐
(아귀가 아프도록 떠들기도 했네만)

빛바랜 소파에 꼼짝 않고 앉아서
눈꺼풀을 내리는 줄무늬고양이의 시간
녹이 슬어 삭아가는 방충망을 통해
밖을 내다보며 서 있는
누군가의 옆얼굴

이마에서 흘러내리네 선명한 피 한줄기
서서히 굳어가네, 멎어드네
날벌레 엉겨드는
거기 그 조용한 금빛 그늘 속

잡념은 울창하다

투명한 젤리 속을 밀어나가듯
무겁게 헤쳐가는 소리들의 숲

쉬지 않고 연주하는 전속 악단 거느리고
지금은 슈퍼마켓 가는 길
풀릴 듯, 풀릴 듯, 이어지는
무궁동(無窮動)의 카덴차
텅 빈 시간의 깡통들이 매달려간다

은행까지 전철까지 꿈속에까지
빙빙 감싸 몰고 다니는
제 운명의 비닐막

장엄한 불협화음 속으로
유령처럼 꿈처럼
정오의 거리를 걸어가는

저, 유리 미궁의 여왕

벽돌공 남자

파벽돌을 색깔 맞춰 재미있게 쌓다보니
문을 만들지 않았군
깜깜한 집안에는 눈먼 병아리들이 삐약삐약
벽돌공 남자도 갇혀버렸지
그는 어둠 속에 그냥 서 있어 삐약삐약

직선과 균형을 유지하는 이 세상 모든 집들이
얼마나 몸을 틀며 지루해하는지
자정 지나고 한 무리 양떼들이 몰려왔다 사라진 후
뚝, 뚝, 철골들 관절 비트는 소리

울타리 속
난간에 놓인 화분들

뭉게구름 같은, 둥글고 뾰족한 제각각의 생각덩이를 이고
나무들은 그냥 서 있지
저 무성한 생각덩이들
한 발짝도 나아갈 수 없으면서 이고만 있네
살랑살랑, 바람도 불지 않는데

제 갈 길 가는 사람 열심히 가보라지
아직도 깜깜한 벽돌집 안에는
뾰족지붕 꼭대기에 마지막 벽돌을 어떻게 올려놓을까

벽돌 하나를 손에 들고 고개를 쳐든 채
궁리하며 서 있는 벽돌공 남자

뜬눈

지구의 역사 이래
뿌려졌으나 움트지 않은 씨앗들이
얼마나 많이 살아 있을까
수천 년 전 고분에서 출토된 씨앗들도
아직도 살아 싹을 틔운다는데

모두가 잠든 깜깜한 밤에도 지표 아래엔
썩지 못하는 수천수만의 씨앗들이
눈을 뜨고 형형히 밤을 밝힌다

눈을 감고 뛰어내리듯 나를 놓으면
이윽고 발열하고 지표 위로
솟아오르고
더 많은 내가 되어 온 들판 덮었을 터
껍질을 벗고 나온 새 여름의 숨결들이
온 땅을 감쌌을 터
수천 번의 봄기운으로도 회유하지 못한
낱알의 고집
미전향 장기수처럼
오늘밤에도 검은 흙속에서 들려온다

나는 나야—
일제히 눈을 뜨고

불 밝히고 기다린다 —

—

—　**숨은 방**

—　말라붙은 껍질이 이젠 제법 반질거린다 손톱으로 벗겨보
고 귀퉁이에 침을 발라 문질러도 보았지만 굳고 질긴 피막,
딱 들러붙었다 기술이 필요하다 깔끔한 박피 기술이다 먼
산 한 번 바라보고 제대로 해야 한다 집게가 필요하다 뜨거
운 찜통에서 타올을 꺼내 10초 정도 식힌 후에 꼼꼼하게 덮
어놓고 녹여내야 한다 흐물흐물 젤 상태가 될 때까지 기다
려야 한다 타이머가 필요한 건 아니다 무심한 듯 딴청하다
진저리치며 단번에 닦아내는 그것이 기술이다 완강하게 적
막한, 뻣뻣하고 무감각한 반투명의 이 껍질은 누렇게 반질
거린다 옥수수 녹말이나 당나귀 가죽에서 뽑아낸 젤라틴 같
다 정확한 성분을 알 수 없어 더욱 폭력적이다 두꺼운 커튼
을 치고 몇 계절 혼자 먹고 혼자 말했다 낯선 얼굴 한 겹 붙
어 떼어낼 수 없었다 갈수록 두꺼워져 아주 반질거린다 극
적으로 눈물 흘러내리면 틈이 생겨 갈라질까 헐거운 뚜껑처
럼 벗겨져 떨어질까, 눈물도 기술이다 벌겋게 얼얼하게 처
음 보는 무엇이 문드러진 무엇이, 나 여기 있소, 비닐 벗긴
햄처럼 속얼굴로, 그렇다면 더더욱 황당하고 무례한 서프라
이즈, 차라리 이 갑갑한 껍질 속에 하루하루 이렇게, 아무도
검색하지 않는 무늬만 방, 무늬만 얼굴, 속으론 노래까지 웅
얼거리는 무늬만 사람으로 그럭저럭

—

늙은 암소의 식사

울면서 밥을 먹는다 우물거리는 볼을 타고 더운물이 흘러 내리고 씹고 넘기고 다시 넣어 씹는 슬픈 역사(役事) 왜 먹고 있는지 왜 지금 먹어야 하는지, 그 모든 이유를 왜 모르는 것인지 질문을 바꿔가며 되새김질은 계속된다 왜 이 시간을 먹고 있는가, 먹는 일밖에는 할 일이 없나? 아니 배가 고픈 것이다 한 알의 프로작은 얼굴을, 이름을 돌려줄지 모른다 숟갈을 내던지고 다시 인간이 되어 떠날 채비를 할지 모른다 그가, 그녀가 인간이라면 정말 인간이었을까? 한 마리 살진 암소가 아파트 안에서 물 말은 밥에 김치를 씹고 있다 황무지를 지나고 개울을 건너 느릿느릿 여기까지 걸어온 것이다 울타리 밖에서는 아무도 모르는 혼자만의 여물질, 축축한 점액질의 우울증 한 사발

　깊은 하늘 알지 못할 어느 자리에선가 아직도 그의 별자리는 돌고 있을까?

　눈이 젖은 암소는 조금 더 슬픔을 씹기 위해 느릿느릿 밥통 쪽으로 걸음을 옮긴다

밀크 스마일

나는 그냥 모니터 속 글자들을 보고 있을 뿐인데
골치 아픈 지젝 선생 인터뷰에 골몰했을 뿐인데
모니터 옆에 반쯤 남은 파카 잉크병
왜 쭈욱 한번, 들이켜고 싶었나
입술 위에 검푸른 밀크 스마일을 흐르게 하고
혀와 목구멍과 식도 뱃속까지 시커멓게 물들이면
시원할 것 같았나
나는 그냥 밤을 치려고
새들새들 작아지는 밤톨이나 깎으려고
자그만 과도를 집어들었을 뿐인데
짧고 뾰족한 그 칼날 난데없이 부르르,
저 혼자서 진저리를 치더니
어딘가를 누군가를 푹, 찔러보고 싶었나
박아보고 싶었나
나는 그냥 빵 봉지나 들고서
우리 동네 일방통행 길을 걸어가고 있었는데
차들이 내 앞으로 스쳐가고 있었는데
왜, 한쪽 발 불쑥 내밀어 우두둑
뜨겁게 박살 한번 나보고도 싶었나

나는 그냥 평온한 포커페이스
하루하루 무난하게 건너가고 있었는데

어느 천문학자의 죽음

생각에 잠겨
셔츠를 뒤집어 입고 집을 나서고
생각에 잠겨
짝이 다른 구두를 신고 강단에 서고
생각에 잠겨
지퍼를 잠그지 않은 손가방을 들고 걸을 때
나풀나풀 푸른 티켓 한 장이 흔들리다 떨어지고
4차선 무단횡단을 하고
맨홀 속에 빠지고

생각에 잠긴 채로 불쑥 얼굴 내밀 때
젖은 각막 너머로 먼 하늘이 보이고
몇 개 별이 보이더니

끝내 헛발을 디뎌
벼랑에서 떨어지는 그때에도
생각에 잠겨
낮꿈에 잠겨

당신은 꽝입니다

그 여자 태어났을 때
온 식구 허탈해서 누워버렸죠
꽝 뽑았다고, 딸이었다고
빈 동그라미 안에서
꽝 아기 쌔근쌔근 자고 있었죠

다섯 살 무렵부터
온몸으로 태가 흐르더라는
아주 일품이라는 그렇고 그런 얘기들
아홉 살 때 얻어 읽은 폭풍의 언덕
귓가에 먹먹한 그 폭풍에 사로잡혀
속편을 쓰고 또 쓰고
끝내, 그 여자의 연애는 꽝이었다죠

전생을 보고
머리 위의 후광도 볼 수 있다던
웬 도인이 말했었대요
당신의 오라는 흰빛이군요

꽝은 당연히 흰빛
지금 그 여자 머리 위를 한번 보세요

눈부신 꽝입니다

보일러

욕망이여 입을 열어라 내가 거기서 사랑을 발견하겠다*

  소화중인지도 모른다 반추중인지도 모른다 입을 열지 않
는다 다문 그 입속에 뜨겁고 작은 목젖 숨겨 있으리라고 실
은 믿지 못했다 마지막 건너가는 문지방 앞에 그 큰 입 힘없
이 떠억 벌어져 그 안에 텅 빈 구렁, 평생 무능했으며 도대
체 운용할 줄 몰랐던, 단 한 번의 다디단 키스조차 알 길 없
는 검보랏빛 흉측한 거대한 혀 하나 쑥 빠져나온 채 말라가
고 있을까 굳어가고 있을까 타액에 젖은 속살 뜨겁게 넘실
대며 붉게 적셔올까 덜컥 목 휘감아 덮쳐올까 불러보지 못
했는데 외쳐보지 못했는데 소심한 목청 기침부터 해보고,
목청부터 열어보고, 발성 연습한다고 다시 또 머뭇, 거리지
말고 말해볼까 바로 지금,

  욕망이여 입을 열어라 나도 거기서 사랑을 발견하겠니?

* 김수영의 「사랑의 변주곡(變奏曲)」에서 변용함.

단 한 번

유리 열쇠 손바닥에 빛난다
공깃방울 없는 투명한 밀도
녹슨 문구멍에 꽂다

어느 쪽으로든
돌리면 부서지는

찰칵, 또는 툭!
아무튼 깨질 것이다

이쪽, 아니면 저쪽?

(환하게 밀봉된 지금도 좋다고 생각한다)

열어야 한다 돌려야 한다 어느 방향으로든

다시 호흡

(싱싱한 침묵 뒤에 꽃들이 시들고 있나?)

나는 여태
문 앞에 서 있다
끝없이 샛길로 빠졌다 돌아오면서

유리 열쇠 투명한 밀도

다시, 심호흡

발효하는 밤

외국인촌 마아디
저녁마다 아이들을 데리고
강가로 갔다

큰 나무 가득히 열매처럼 전등알이 환하고
강을 건너 불어오는 밤바람은 선선하다
하얀 꽃을 무명실로 꿰어 만든 목걸이를
소년들이 팔고 다닌다
생애 가장 로맨틱한 선물을 동전 몇 개로
건네주고 목에 걸고, 열대의 꽃은 향기롭다
누군가 탕, 탕, 산탄총의 방아쇠를 당기면
나일의 밤 속으로 야광 새들은 낙하한다
슈팅클럽 왈리마, 바람 부는 강가에서
밤 그네를 타고 있는 아이들
물담배를 피우는 콧수염의 남자들

한밤이 익어가고 있었다
과일 향기 내뿜으며 발효하고 있었다
나일의 밤 속으로 낙하하던 야광의 새들처럼
어둠 속의 외눈으로 누군가 명중시킨
내 시간의 표적들
불안하게 서성이던 이방인의 심장 위에
하얀 꽃들 황홀하게 시들어가던

먼먼 강가의 그때

나는 이방인이었다

소녀는 아니지만 소녀처럼

타르를 뿜는 가면처럼
그의 얼굴 근육은 푸르다
깜빡이지 않는 눈으로 정면을 보며
간혹 그녀라는 장애물을 마주칠 때
투명체를 통과하여 면벽도 한다
깜빡이지, 않는다
앉아 있는 자리에서 반경
6미터는 서늘하다 극저음파 흐른다
그는 그 여자의 마당으로 투하된
가시열매다
안전핀이 제거된 채
가시 몇 개로 당당하게 버티고
찔러온다 짙다, 그림자
그녀를 떠올릴 때마다 날 선 입술
비틀린다, 소녀가 아니지만 소녀처럼
몇 다리 건너서 말을 전하고
육성으로 들었는데
케이블과 케이블로 사다리 타고
옆구리를 찔러온다
그는 사랑한다, 따돌린다
소녀는 아니지만 소녀의 감성으로

복개천도 흐르는데

하수도가 필요해요
청정한 상수도를 위해서

은근슬쩍 썩어가는 연못도 나쁘진 않죠
타일 무늬 훤히 비치는 파란 풀장에
연꽃은 피지 않는 법
판유리 같은 사람보다야
불꽃 어둠 숨어 있는 보석의 깊이

한꺼번에 열리는 일 없도록
얌전한 서랍들도 준비해야 합니다
한 번에, 하나씩만 부드럽게 열리는
근사한 마호가니 서랍장을 아시죠

노회한 스승께서 가르쳐주셨지만
복잡한 배관 설비 서랍장
모두 귀찮아
단칸 서랍 다용도로 열어놓고
그럭저럭 지내왔는데

진실일까요?

3부

이것은 아트가 아닙니다

독서

낡고 부드러운 쿠션에 코를 박듯 가볍게 국경을 넘어간다 일조량은 적으나 쾌적한 습도와 조도를 유지하는 이곳에선 숨쉬기가 편안하다 입국 이후 점차로 외부와 차단된다 숲으로 둘러싸인 성벽의 나라, 골목과 오솔길의 나라 도로표지판도 없이 골목이 골목을 가지치고 샛길이 샛길을 사다리 탄다 방음벽이 두껍다 시계도 없는 이곳에서 눈 비비며 둘러보면 격자무늬 담 밖으로 먼동이 트고 격자무늬 담 밖에서 끼니때가 지나간다 이 친숙한 중독의 나라에서 후미진 골목길을 걸어가고 있으면 오래전에 죽었다는 사람과 마주칠 때도 있다 노동재해 보험국에 근무하며 처마 낮은 푸른 집에 살고 있는 사람도 만난 적 있다 모퉁이에 몸을 반쯤 감추고 유대인의 짙은 눈으로 뚫어지게 나를 보며 서 있었다

미션

벽돌 건물 사이로 좁게 이어진 골목길을 걸어가고 있었네
후드득, 빗방울이라도 듣는가 순간 어두워진 기색에
고개 들어 흐린 하늘을 쳐다보는데

몇 층이었나, 한쪽 건물 창문이 덜컥 열리고
누가 몸 내밀어 툭, 떨어뜨렸네
얼결에 받아 안은
청록색 낡은 가방

묵직하고 선뜻한, 질기면서 부드러운
받아 안은 그 느낌 생생한데

알고 기다렸던 것일까
그때 그 지점 내가 지나가고 있으리란 것,
속에 들어 있던 것
가방을 던지던 역광 속 검은 어깨와 얼굴
아무것도 알아내지 못하고

그 가방을 안아들고 걸어, 걸어오다가
어디에다 슬그머니 두고 왔던 것일까
골목길도 사라진 어둑한 공터

비어 있는 두 손과 팔 문득 펼쳐 내려다보는

테이블

나는 그 위에 팔꿈치를 얹는다
삼각구도는 안정적이다

카드놀이를 하거나
유리잔을 부딪는 식사를 할 수 있다 그러나 혼자
상판 위에 그림을 그린다 한나절 공들여

눈물을 흘리며 웃고 있는 내 얼굴을 그린다
붉은 입을 지운다
눈만 남아 울고 있다 우는 눈을 지운다

구름들이 지난다
흐릿한 별 돋는다
지문을 찍으며 이리저리 짚어보는 별자리의 움직임

고개 숙인 채 우주를 읽는 작고 큰, 오래된 삼각구도
하루 새 자라난 손톱을 바라보는 사이

테이블은 새벽잠에 젖는다
앞에 놓인 한세상이 말없이

테이블
—Simcity

두 팔 뻗어 여기까지가
내 세상이다 그 너머는 절벽,
가본 적 없는 바다
이미 읽은 흰 책과 새책들
기결과 미결 초교와 3교 수입과 지출
영역과 구획을 나눠

나의 섬 나의 도시

젖은 맨발로 자갈밭을 저벅저벅
고개를 묻고 졸다보니
도로는 통제되어 오갈 수 없고
흩어진 빌딩들이 수평선을 가렸다
고개를 묻고 다시 잠든다

흰 종이 너머 문장과 숫자들 너머
끊어진 길 위에서 손차양을 하고 둘러보는
잘 모르는 사람

리셋할 수 없다면 헬기 탈출 가능하다고
어깨를 톡톡 치고 알려줘볼까?

망망대해, 돌아와야 한다고?

진눈깨비

한 문장에 서너 개씩, 때도 없이 찍혀 있는, 전전긍긍, 사
실상은 속이 편한, 쉼표 많은 누군가의 원고를 교정하며 다
시 쓰며, 쉼표의 남발, 쉼표의 만능, 기능적인 융통성, 본받
는 게 유리할, 쉼표의 미덕, 살며시 꼬리 내리는, 쉼표의 미
학, 과연 쉼표는, 존재론적 근거와, 발생학적 당위성, 그래
도 반드시, 여봐란듯 찍어줘야 마땅한, 살금 다시 꼬리 내리
는, 나와 검은 잉크와 여백들, 찍는 자의 과감함과 삭제하
는 자의 월권, 그 사이, 쉼표들은 갈수록 당당하게 줄을 서
고, 교정자는 망설이고, 무의식을 파고드는 포섭과 재교육,
접선 장소, 그럭저럭 나아가는, 어쩌다 하나씩은 살짝, 다시
돌아와 콕! 집어내는, 네가 죽느냐 내가 먹느냐, 뭐 별로,
시원치 않은 걸음걸이에, 그리다 만 한쪽 눈썹, 어쩌란 말이
냐 별수없는 발자국들, 그래도 한 번쯤은, 등장해주어야 빛
이 나는, 그래 그 자리, 한 번이야, 자중, 자애, 자위하며 삐
딱삐딱, 행을 따라 전진하는 반성들, 심화 연습 문제들, 쉼
표의 얼굴 문득 궁금해지고, 이토록 천진난만, 이토록 진탕
만탕, 저도 저를 모르는 이름들이, 주어, 서술어, 부사어 들
이, 쉼표 안에 숨어들고, 쉼표 뒤로 손을 잡는, 알아서들 해
석하시오, 하든지 말든지, 비정규직, 만능 도망보따리, 쉼
표를 생각하는 현대인들의 모임, 세상사 응용 문제, 쉼표 안
에, 쉼표 뒤에, 알아서들 숨어들고, 알아서들 이어주며, 알
아서들 끼리끼리, 알아서들 끄덕끄덕, 각자의 아이큐 문제,
알집을 풀어내듯, 비의를 풀어내고, 추적추적 추적하는, 어

느 사이 저무는 창밖, 보풀보풀 추적추적, 다시 3월, 두 번
다시, 아니 지금, 망설이고 숙고하고 반성하는, 잘못 찍힌,
아니 제대로, 잠시 잠깐, 내려오는 사이, 망설이는 사이에,
녹았다가 다시 어는, 얼었다가 다시 녹는,

붉은 구름

교복을 입은 여자아이들이
횡단보도를 건너기 시작할 때

저쪽 하늘에서 서서히 몰려온다

팔이 긴 손바닥처럼 생긴
붉은
가루의
구름

쭈욱 팔을 늘여와 내려치며

채찍처럼

화상 자국을 남긴다

길을 건너던 하굣길의 아이들
지나가던 사람들

잔등에
머리 다리에

부푸는 상처, 아물지 않을

흑백으로 바뀌는 거리 풍경

아무 소리도 없다

두 겹의 꿈

빈집 모퉁이를 돌아서
고풍의 주택가를 걸어가다가
잭슨 폴록의 그림 같은 담쟁이 회벽
수상쩍은 그 집을 지나치게 되거든

벽에 귀를 대고 느껴봐
소리 죽여 천천히 발자국을 떼는 기척
기다렸다 얼른, 변기 물을 함께 내리는
상하수도의 치밀한 겹 움직임
진땀 서늘하게 묻어나는 벽 속에서
흠칫 놀라 숨 멈추고 집중해오는
여러 개의 동그란 눈들
머리칼을 만지며 바삐 지나가다가
언제나 갸웃, 어색해지던 바로 그 자리
볕 안 들고 눈 안 띄는 북쪽 벽 속에
째깍째깍 흐르는 두 겹의 시간
또하나의 얇은 집

한 사람 겨우 눕고
한 사람 겨우 걸어다니다
슬쩍 꿈속으로 들어와보는
(안녕, 작은 방!
안녕, 종이 인형들!)

쉿! 벽 속의 그들

겹눈들

이 가방은 이제 너무 낡았어
가죽 가방 낡은 손잡이
바느질 자국을 만지작거리며
네가 내게 말할 때

무심코 발밑을 툭툭 차니
모래땅 속 사금파리 내겐 보이고

바람에 머리칼이 휘날려 마구 엉킬 때
바람이 부네, 나의 이 말이
먼산 바라보는 너에게는
민둥산에 눈이 왔어

내 파랑이 너에게는 검정으로 보이고
아앗, 너의 작은 소스라침 나에게는
깔깔 웃음소리로 닿고

유리컵의 이 얼음이
마주앉아 바라보는 너에게는
이제 막 사위며 오그라드는 성냥개비 불꽃,
지도에 없는 바다를 스쳐온 약한 해풍에
쟁강쟁강 흔들리는 청동 모빌
아니 그게 아니라

어느 다른 별, 외계인의 손으로
네가 내게 건네는 그 나라의 안개꽃?

핸드메이드

어느 끝단 매듭이 덜 여물게 맺어졌는지
어느 솔기 가위집이 조금 더 넣어졌는지
다 알고 있지
알아서 탈이라고, 열 번 스무 번을 빨도록
늘 맘에 걸리는 그곳
그런대로 잘되었다, 보기 좋다며
툭툭 털어 손을 떼고 떠나보내도
나는 알고 있는걸. 2밀리쯤 더 가위집 내어
올이 풀려나갈지도 모르는 바로 그 솔기,
허술한 매듭의 속 내막에 대해서
신의 작품은 천의무봉이라는데
우리를 빚어 하나하나
세상으로 내보내던 그때에도
그런대로 되었다, 보기에 좋다, 아쉬운
속내 감춰 좋은 얼굴로
등 투덕여 내보낸 것 아닐까
조놈은 조기가 약한데
요놈은 요기가 아슬아슬하구만
씨줄 날줄 올들이 조금씩, 조금씩
미어지고 있을 텐데
벌어지고 있을 텐데
지금도 마음 쓰며 바라보는 그 눈이
어디 혹시 있을까

두드러기 카페

    밤마다 은밀히 모여든다 안부 물으며 당부한다 어루만져 주세요 쓸어주세요 절대, 상처 내면 안 돼요 낯선 명함들을 서로 나눈다 식이유발성 만성특발성 콜린성 한성 열성 일광성 수성 묘기성과 압박성까지 운동을 해서 탈이 나고 운동을 안 해서 탈이 나고 더워서 탈이 나고 추워서 탈이 나고 온갖 비방들이 공중으로 왔다갔다 벚나무 껍질이요 치자 탱자 열매요 사과식초요 감자요 녹차요 냉온탕욕이요 그것도 안 되면 뒷간의 지푸라기요 오랜 고질 떨쳐내고 볼 차러 간다는 '뽈차러감'님에게는 제발 발목 붙잡히지 말아라 나는 언제나 볼 차러 가나 꼬리말들 꼬리를 잇고 잠 못 이루는 깊은 밤에 상처의 은하수를 벅벅 긁으며 어루만지며 한데 모여 떠드는 옴두꺼비들

비디오 아트
—얼굴

수많은 눈들이 얼굴을 덮고 있다 비늘처럼 비릿하다 일제히 뜨고 있을 때도 있다 풍경을 흡수한다 말이 없다 차가운 구름 스피커가 있었으면 좋겠다 쓰린 눈꺼풀들을 손바닥으로 쓸어내린다 108만 가지 몽상의 낱알들이 브라운운동을 한다 잡념이 많은 분들은 눈을 감지 마세요, 낮꿈을 들켜 피정(避靜) 시간에 지적받는다 눈을 떠도 낱알들은 춤을 추며 더욱 영롱해진다 생생해진다 줌아웃하는 너의 손짓과 배경들 나는 자꾸 눈꺼풀들을 손바닥으로 쓸어내린다 무지갯빛 반투명의 각질이다 언젠가 이 비늘들 누군가의 도마 위에서 거칠게 벗겨지리라 제각각 몽롱하던 손톱들 튕겨오르며 탁탁,

이것은 아트가 아닙니다

농담이 아닙니다 중력과 리포솜의 문젭니다 다동(茶洞) 옛집 마루 기둥 좁고 기다란 영국제 마경(磨鏡) 속, 살짝 들린 입술 속에 말할 듯 말 듯, 갈수록 조금씩 위로, 위로 떠오르던 흰 앞니 두 개 아직 눈에 선한데

사기가 아닙니다 퐁퐁 솟는 모나리자 스마일도 있는데, 윗입술 진중하게 흘러내려 덮이고 땅속으로 뿌리를 박겠다고 지향점을 두겠다고, 살아보니 낮은 쪽으로 기우는 게 여러모로 낫더라고 입꼬리도 무겁게

정말 이건 기술도 예술도 아닙니다 내려오는 암막커튼 강제로 설치되고 반짝, 최소한의 저항도 이제는 힘겹다고 자동으로 스르르 반쯤 내려오더니 이젠 대충 보라고, 알다시피 세상은 감동 드라마가 아니라고

렌즈

목덜미를 뜯기면서도 어린 영양은
보리라
무심한 초원 저멀리 어질어질
환영처럼 피어오르는 땅의 열기를

큰길 저쪽 지나가던 흰 셔츠의 청년을
브레이크 낡은 전차 밑에 끌려가다 정지했을 때
그 아이가 본 것처럼

꽃숭어리 몽롱한 통꽃들의 중심
국화 덮인 관을 밀어가며
그 여자가 본 것처럼

겨우 몸을 빼내어 잇달아 달려오는 고속버스 속
아직, 살아 있는 사람들

꼼짝 않고
보고 있던 것처럼

아가리를 벌린 재규어의 부어오른 목젖

깜빡이지도 않는 눈으로 지금도
보고 있는 것처럼

울지 않고, 보고 있는 것처럼

시인의 눈

나와 세상이 마주보는 접점에
투명한 유리알 놓여 있네
태어날 때 세상에 갖고 나온 것
대물렌즈 접안렌즈 모두 다 아닌
바로 그, 맑으면서
맹점도 있는

굶주린 거울처럼 모든 것을 담아도
늘 비어 있는 이상한 그것
모든 기억이 잠겨 있는
담수호랄까

선회하며 추락하는 비행기 속에서도
될수록, 혼절하지 않으려는
팽팽하고 야릇한 그것
이 세상에 특파된 종군기자라네

태어나던 날, 그 방의
전등 불빛을 기억하고 있다는
귄터 그라스를 아는가

거울의 탄생

살짝 건드렸을 뿐인데
신경질적 세포분열
더 작아진 눈동자로 빤히
쏘아보고 있다니
어느 바닥을 구를지라도
완벽 구체 사수하겠노라고,
가장 작은 점으로만 지표면에
신세지겠노라고
너, 물질의 박쥐 수은
번지고 스미는 것도 미덕이리니
붉은 광명단을 펴 바르겠다
엇, 이것 보게 맹독
두꺼운 유리 위로 엎드리더니
배후로는 또다시
빤히 되쏘는 저 눈!

4부

들판에 겨울 오는데

나는 피카이아 시절에 등뼈를 얻었다

나 일찍이 바이칼의 거울 면
어질어질 춤을 추며 하늘로 이끌려간
한 오라기 아지랑이

번개 치던 밤, 바다로 쏟아져내리는
장관(壯觀) 속의 아우성

그대로 오랫동안 출렁이는 한 덩이
검은 짠물

갑판에 부려진 참다랑어 속살
갈매기 하얀 똥
아무르의 한잔 우롱찻물

사막을 건너가는 암낙타의 젖

노르웨이 산봉우리, 햇빛 받아 번쩍이는
흰 눈
급류를 헤치는 카약, 튀는 물보라

다시 무지개, 송어 비늘
마르는 개울

지금은 너의 앞 유리컵에 얼음조각으로 떠
남극 빙산의 추억에 잠겨 있느니

신발의 사원(寺院)

천 개의 웃음이 흔들리는 물속의 사원과
구름 멀리 흘러가는 역광의 사원
침묵하는 그림자의 사원이 거기, 있다는데

아무것도 보지 못했네
타오르는 모래 바위 탑들과
하늘로 뚫린 계단의 사원들을
기억할 수 없네

신발을 잘못 신고 여행을 떠나
뜨거운 두 발 욱신욱신 머리까지 흔들리고
더이상은 한 걸음도 뗄 수가 없어
그늘에 혼자 남아 멍하니 바라보았던
땡볕 노천의 헌 신발 가게

산더미처럼 쌓인 채 햇빛 속에 삭아가던
누군가의 흙 묻은 가죽 구두들, 발자국들
국경을 넘어온 뽀얀 길들이 내 곁을 스쳐
수천 번의 건기와 우기
밥과 술과 흙먼지의 낡고 흐린 시간 속으로
멀어져가는 것을, 사라져가는 것을
바라보고 있었네 따라가고 있었네

신발을 잘못 신고 여행을 떠나
신발의 사원을 순례하고 돌아왔네

—

—

모래의 남자

남서쪽의 후추 좀 집어주십시오
식탁에서 그는 말한다

깜깜한 밤, 어느 쪽을 향해 서 있더라도
그의 몸은 알고 있다
해가 뜨는 동쪽을, 내가 있는 이곳을
온몸으로 알고 있다

가시덤불 뒤덮인 붉은 모래언덕 위 그 자리로
그는 온다 똑바로 걸어온다
정수리를 넘어간 그림자 어둠 속에 묻히고
다시 수천 번 살아나도록
그 발자국 흩어지지 않는다

걷고 걸어 내게로 온다

오늘 점심은 무얼 먹을까
빌딩가 식당 골목 모퉁이를 돌아가며
잠시 허공으로 흐린 눈길 던질 때

눈부시게 빛나는 흰 사막의 저쪽 끝에서
그가 곧장 오고 있다
태양을 끌어오는 베두인 남자, 저기

들판에 겨울 오는데

짓다 만 집을 보았다
지붕은 없고 귀퉁이 허물어진 듯
쌓다 만 회색 벽
들판에 겨울 오는데
짓다 만 저 집에는 곧 서리 내리고
눈이 쌓여 얼겠지 얼어붙겠지
추위 지나 아지랑이 노란 붓꽃 아른아른
다시 피어오르면
쌓다 만 벽 다시 쌓고
구름 담은 유리창도 박아 넣고
지붕까지 올리러 그들이 다시 올까
귀 뒤에 연필을 꽂고
작업화를 신은 인부들
저 들 끝에 시끌시끌 나타나줄까
짓다 만 집 다시 지으러
돌아와줄까
내년엔 저 작은 벽돌집
밥냄새를 피워올리고
그릇 씻는 소리
아이 웃음소리 까르르
울리게 될까 들판에 겨울이,

저 들판에 겨울이, 지금 오고 있는데

푸른 보석들의 밤

오래전 지층 속에 숨어 있을 때
속에서 속으로 금이 가더니
뿌옇고 흐린 얼이 되고 말았지
서늘한 낮달의 검푸른 멍과 같은 것

문득 타인의 그것을 바라볼 때
가슴이 매캐하고 답답해오지
스스로는 볼 수 없는
막막한 그 얼
보는 사람도 멍해지는, 영혼의 멍들

두 사람이 만나 서로 마주보는 때
하필이면 멍과 멍, 얼과 얼이
바라보게 된다면

이상하게 축축해져, 캄캄하게 기울어져
두고두고 후회할 블루 스파크

벼락 천둥 몰아치고 자욱한 한숨으로
주변까지 온통 흐려지지만
누대로 이어지는 흠결 더욱 짙어지지만

천만분의 일, 기적 같은 밤이

아주 없지는 않지
방울방울 떨어지는 질긴 눈물의 힘으로
두 보석의 얼 씻어내어, 벗겨내어
서서히 투명하게 환해지기 시작하는

여배우

전갈 한 마리
구두 속에 넣고 춤을 추었어
얇은 창으로 타닥타닥 스텝 밟을 때
죽을 듯, 뜨겁게 춤을 추었지
그건 전갈의 발작
점점 급해지는 숨과 춤, 그리고 노래
조명을 받으면 캄캄해서 좋아, 안 보여서 좋아
취기로 허기를 감출 수 있었을까
텅, 텅, 빈속에서 울려나오는 나의 이 에코
튤립 뿌리를 갈아먹고 부른 노래야
환호가 허기를 달랠 수 있었을까
긴 양말 펠트 모자 털 빠진 화장붓들과
한 켤레 칠피 구두 가방 속으로
지친 전갈 사르르
스며드는 때

커튼콜

단정하게 접히고 봉인된 백지의 입술
바라본다 남겨진 그들과 함께

떨리는 손길로 펼쳐지길 원했을
마지막 연출 작품
굳게 입다물고 기다리는 그것을

천천히 눈을 감겨주었듯
잠시만 더 참자고, 하품을 겨우 참는 정중한 손길로
뜯지 않은 그것은 가슴 위에 도로 놓이고
서랍은 닫혀버린다

한 생애가 남긴 악취 잠시 자욱하리라

암전되어가는 무대 위 검은 상자에 앉아
끝도 없이 중얼거리던 모노드라마 배우처럼
주목받지 못하는 뻔한 어조 끝내 한계였으나
어차피 관객들은 손을 털고 떠나버렸다

아무도 커튼콜을 하지 않았으므로

사해

나의 가슴 바닥은
지상에서 가장 낮은 곳
온갖 이야기 흘러들지만 출구는 없어
기다려야 하네, 시간의 투명한 감옥이네

나의 가슴 깊숙이
잠입(潛入)할 순 없다네
밀어내고 밀어내는 내 순결한 표면장력 위에
가만히 등 기대어 누워보게나
둥둥 아기처럼 안아주겠네
아무도 내게 와서
자살할 순 없다네

메마른 태양볕에 졸이고 졸여
유황 짙은 한 사발 약이 되었네
어루만져 씻어주려네 지친 그대여
그대 몸 감싸주는 약이 되리니

모든 이야기들 땅속으로 스며들어
조용조용 흘러드는 가슴 바닥,
사막의 눈동자로 빛나고 있네
푸른 불꽃 어른거리는 고밀도의 보석 한 알
고요히 눈을 뜨고 기다리네

그대, 먼길 걸어 내게로 오게

거삼나무 숲

산악 지대를 지나며 거삼나무 숲을 보았다
빙하기 이래 가장 오랜
세상에서 가장 큰 나무 족(族)
장대한 수직 몸체들 사이사이로
드문드문
누워가는 나무들도 보았다

때가 오면 몸 기울여
흙에 눕는 나무들
어느새 꽤 비스듬히
누워가는 내 모습도 보았다
국경을 지나며 낯선 도시의 이름들은
백번을 되물어도 외워지지 않았다

그날 밤 잠 속에서 흙속에서
울창한 이야기를 들었다
죽은 나무, 산 나무 굳게 얽힌 손 매듭 속
잠에서 잠으로
뿌리에서 뿌리로 전승되는 그들만의 긴 꿈이
여름 한낮 대기 속을
서늘하게 적셔놓고 있었다

마지막 숨을 놓고 수평으로 누워도

생뿌리와 얽힌 손을 풀지 않고 있었다　　　　　　　—

—

매기의 추억

힘없이 흩어져 내려오는 낱낱의 페이지들
휴지 쪽에 싸두었다 잃어버린 보석반지 담석증과 건망증
발 디딜 데 없이 어지러운 방안 가득
항라 은조사 갑사, 연보라와 미색의 얇고 엷은 헝겊들
질기거나 짙은 헝겊은 한 조각도 없어서
꿈자리는 사나워도 신내림은 없었나봐
하르르 바람 부푸는 조젯 분홍치마
속살 비치는 하얀 모시 저고리
죽은 외딸과의 외출 이야기를 들어줄 사람이라곤
신경질쟁이 어린 손녀딸 하나
은박지 접고 또 접으며 혼자 중얼거린다
우리를 나와 몰려다니던 시끄러운 거위의 밤들
막이 찢긴 난자 하나와
무겁고 푸른 거위알도
히로시마 원자폭탄도 맨 처음엔 번뜩이는
바늘 끝만큼의 빛 하나로 시작되었다지
모든 것이 뒤섞이고 아무거나 꽥꽥 뛰쳐나오는
우리 각자 머리 위의 뭉게구름
빈 젖 물려보던 너에게 처음 먹인 묽은 암죽
고무신 바람으로 서성이던 공항에서의 이별 후
커다란 구름 속에 영영 파묻혀
한 숟갈씩 구름을 먼 세상의 네 입속에
암죽처럼 나는 자꾸 떠넣고

타인의 장미

달아오른 뺨으로 철책 앞에서
꽃다발을 던졌다
찬 공기를 스치며 휙,
얼어붙은 땅으로 떨어져 흩어지는
노란 장미 송이들

바람이 뺨을 때린다 가짜, 모두가 가짜
저 꽃도 가짜고 너도 가짜지

좌우를 둘러보며 걸어나오던
싸늘한 중앙공원묘지
공원 앞 꽃집 주인은 주머니에 손을 꽂고
흘끔흘끔 지켜보는데

장미 다발이 잠시 놓여 있던 그 자리
누구의 묘지였을까, 너무 유명하지는 않을

모직 장갑을 끼고 있던 그 도시의 겨울 아침
음악가의 묘지에 나도, 꽃다발을 바쳤다

잿빛 깃털들

성스러운 비둘기라는 말을 들은 적은 있어도
성스러운 비둘기를 본 적은 없네
대가리를 부리로 쪼아대며
사납게 싸운다는데
콕 찍은 듯, 작은 그 눈 생각하며 어깨를 으쓱,
청록과 보랏빛이 자르르 윤기 흐르는
잿빛 목덜미에 빨간 발

나뭇가지 감싼 비둘기 발가락을 본 적이 있나
아스팔트킨트도 아니면서
언제부터 점령 구역이라고 뒤뚱뒤뚱 걸어다니다
푸드득, 날갯짓 한 번에 흩뿌려놓는

모던한 흑백 콤비 색상이거나 순백의 비둘기라고
흔해빠진 잿빛 그것들보다 나을 것 없네
푸드득, 덮쳐오는
비둘기의 악몽을
나는 결코 꾼 적 없지만

남부순환로 붐비던 버스 틈에서
거품처럼 뿜어내던 단말마의 그것을 본 적이 있지
올리브 잎새 물고 찾아든다고?
성령이라고?

뿜,뿜,뿜,뿜, 뿜어내던 잿빛 깃털들!

취향

한여름에 외투를 입은 남자가
때묻은 손가락으로 만지작거린
새카매진 각설탕

내 취향이 아니야

깜깜한 솜먼지 속에 슬어놓은 애벌레의
깨알 같은 꼬물거림, 역시 아니야

허무나 권태라면
열네 살에 졸업했다

시시해서 좋은 것이 시인 줄은 알지만

바다를 딛고 선 언덕 위에
대리석 신전 같은 신기루 한 채,
눈부신 대기 속으로 녹아드는 그
신화 속의 바닷빛을 본 적이 있어?

꿈처럼 눈앞에서 휘발할 수 있는 것
휘발해도 좋은 것, 나의
백색 신전들이야

화살의 길

화살은 직진하지 않는다
뱀처럼 구불구불
공기 속을 뚫고 나간다
망설이며 흔들리며
길을 찾아나간다
힘껏 당겨져 활시위를 떠났더라도
제 길 찾아간다는 건
이렇게나 힘든 것

돌이킬 바로 그때를
놓치지 않는 감각이
화살의 길을 만든다
잠시 지나치면 범하고 마는
제 안의 텅 빈 고요

오만 가지 생각들이 분자운동하는
공기의 저항 속
긴 시간은 주지 않는
대지의 인력 속을 가로질러
내 과녁의 중심으로 다가가는
천성이 맺힌 데 없는
빈 마음의 나는,

러너스 하이

빠져나가지 않을 것이다
할 일 문득 떠오르고 마음 바빠져
시계라도 보고 싶은
복잡한 두뇌 회로, 그 샛길로

그곳에 이를 것이다
귓불 살랑이는 샛길 유혹 털어내고
앞에 열린 오직 이 길, 자유로
한 회로만 열어놓고 달려가면
날개 돋아 붕붕 뜨는 길의 비등점
생체 아편이 척수에서 뿜어나오고
꽃길인 듯 꿈길인 듯 색감 살아나
휙휙 스쳐가는 거리 풍경
들숨 날숨 리듬을 타며 미풍 속을
달.린.다.나.는.누.구.인.지.몰.라.도

입체 화면 터널 속으로
빨려드는 슬로비디오 질주
저린 폐부 깊숙이 산소 가득 차오는,
이 심장 파열해도 두렵지 않은

내 안의 부처와 맞닥뜨리고
그와 함께 달려가는, 날아오르는

이 지상의 구름길 —

—

기록에 없는 자에 관한 기록

허공의 유리방에서 그는
등줄기가 시려
견갑골과 견갑골 사이로
칼바람이 꽂혀
덮어줄 이불 한 자락 없이
자꾸 몸을 웅크리고
어지러워해

훤한 이 방 속의 그를
아무도
들여다보지 않아
낮에는 눈부시고
밤에는 캄캄할 뿐
몇억 광년 전의 희미한 소문처럼
저 멀리 별무리 돌아가고

유리방 속에 담긴 채로
어지러운 머리를 감싼 채
혼자 돌아눕고 누울 뿐

아무도, 정말 아무도
알지 못하는
회전하는 유리방 속에

이렇게 그가 살아 있다는,
함께 돌며 어지러워하고 있다는,
멀미하고 있다는
이 사실은

아무도, 아무도 알 수 없고
궁금해하지 않는
이 우주 한구석의 쓸모없는
알리바이 한 조각

한 조각일뿐

해설

벗어나거나 다시 붙잡히거나

황정산(문학평론가)

1. 들어가며

　시인은 원래 디아스포라이다. 제사장에서 쫓겨나고 예언자의 능력을 상실한 이후부터 시인은 디아스포라의 운명을 감내해야 하는 자이다. 근거해야 할 말의 질서도, 그 질서가 만들어놓은 사회의 규범도, 그 규범에 의해 지켜져야 할 제도나 조직도 그의 것이 아니다. 항상 다른 무엇을 찾아가야 할 운명을 타고났으므로 그는 영원히 떠돌아야 할 이방인이고, 어디에서 살든 그는 이민자일 수밖에 없다. 디아스포라로서 시인에게 세상은 항상 낯선 곳이다. 아니 낯선 곳에서 익숙함을 찾는다는 것이 더 옳은 표현인지 모른다. 어찌되었건 그의 시에서 드러나는 현실의 삶은 일상적 삶의 터전은 아니다. 그럼에도, 아니 그렇기 때문에 그는 현실에서 또다른 세계를 꿈꾸고 있다. 하지만 시인은 언어와 그 언어가 통용되는 영토에 긴박된 자이기도 하다. 이것들을 떠나서는 시인은 시인이 될 수 없다. 벗어남을 꿈꾸지만 그 벗어남이 또다른 붙잡힘을 만들어내고 있는 이유가 바로 여기에 있다. 김연숙 시인의 시는 바로 이 긴장 속에 놓여 있다.

2. 벗어남과 길 찾기

　시인이 된다는 것은 출애굽 시대의 유태인이 된다는 것과

다르지 않다. 그에게는 자유가 있지만 삶을 지탱해야 할 영
토가 없다. 그런데 당시 유태인들은 종교와 가족으로 결합
된 튼튼한 집단이라는 큰 힘을 가지고 있었다. 하지만 시인
은 죽을 때까지 혼자 유랑할 뿐이다. 김연숙 시인은 이 개별
화된 유랑을 바로 다음과 같이 얘기하고 있다.

유유상종의 적나라한 흥겨움
권태를 모르던 그 기쁨이 저에게는 왜?
지역 불평등의 문제일까요
공존의 평화는 그렇게나 힘든 걸까요
마을을 급습한 화생방 살포
흩어져 누운 형제들의 시신을 멀리하고
이렇게 혼자 종이 사막 위를 지나는
참으로 메마른 시간입니다
젖과 꿀의 그 마을에 다시 들 수 있을까요
적자생존과 이해관계라면 저는 알지 못합니다
랜덤으로 주어진 제 뿌리의 맹목적인 지향을
끝까지 따라갈 뿐
이 눈부신 침묵의 시간대에 거꾸로 붙어
직선으로 걷고 있는, 제 말간 등판 위에
독하게도 선명한 까만 마크 보셨나요
저는 제 종족의 대표 선수
가스총과 연막탄 속에서 갓 깨어난, 귀한

—「대표 선수」부분

　가스총과 연막탄이 등장하는 것으로 봐서 이 시의 주체는 바퀴벌레 같은 곤충이 아닐까 유추해볼 수 있다. 서식지에서 유유상종 몰려 살다 살충제 때문에 쫓겨난 존재들이다. 그런데 쫓겨나면서 그들은 "귀한" 의미 있는 존재가 된다. 쫓겨나면서 존재를 확인하고 그래서 서식지에 남아 있거나 거기에서 몰살됐을 그들의 종족을 대표한다.

　그런 점에서 시인은 이들과 닮았다. 시인은 이들에게 감정이입을 시켜 스스로를 "종족의 대표 선수"라 칭한다. 그런데 이 표현은 중층적인 아이러니를 포함하고 있다. 사실 대표 선수라는 말은 이 시에서 성립 불가능한 단어이다. 스스로 "유유상종의 적나라한 흥겨움"과 "권태를 모르던 그 기쁨"을 부정하고 있기 때문이다. 유유상종을 할 수 없는데 어찌 대표 선수가 될 수 있겠는가? 그런데 거기에 바로 이 시의 묘미가 있다. 종족에서 벗어나고 유유상종을 할 수 없을 때 비로소 그 종족을 대표할 수 있다는 아이러니한 인식을 시인은 바로 이 구절을 통해 우리에게 보여주고 있다. 시인은 인간이면서 인간이 아니고 국민이면서 국민이 아니며 이 땅에 살면서 이 땅에 뿌리내리지 못하는 자이다. 그렇기에 그는 누구하고도 함께 희희낙락하지 못하고 집단에 스며들지 못한다. 그런데 바로 그렇기 때문에 그는 그가 부정하거나 그를 내쫓은 그 집단을 대표할 수 있다. 집단에서 벗어날 때 그것의 진실이 비로소 보이기 때문이다. 그래서 시인은 "혼자 종이 사막 위를" 지나며 "메마른 시간"을 견뎌야 하는 고행을 받아들이는 것이다.

그런데 시인은 왜 그래야 할까? 다음 시가 이에 대한 흐릿한 답을 보여준다.

이 가방은 이제 너무 낡았어
가죽 가방 낡은 손잡이
바느질 자국을 만지작거리며
네가 내게 말할 때

무심코 발밑을 툭툭 차니
모래땅 속 사금파리 내겐 보이고

바람에 머리칼이 휘날려 마구 엉킬 때
바람이 부네, 나의 이 말이
먼산 바라보는 너에게는
민둥산에 눈이 왔어

내 파랑이 너에게는 검정으로 보이고
아앗, 너의 작은 소스라침 나에게는
깔깔 웃음소리로 닿고

유리컵의 이 얼음이
마주앉아 바라보는 너에게는
이제 막 사위며 오그라드는 성냥개비 불꽃,
지도에 없는 바다를 스쳐온 약한 해풍에
쟁강쟁강 흔들리는 청동 모빌
아니 그게 아니라

어느 다른 별, 외계인의 손으로
네가 내게 건네는 그 나라의 안개꽃?

　　　　　　　　　　　　　　　　　—「겹눈들」 전문

　먼저 미리 답을 말하자면 그것은 이 시의 제목처럼 시인
이 여러 개의 눈을 가졌기 때문이다. 유리컵의 얼음에서 외
계인이 사는 다른 별의 안개꽃을 보는 것처럼 시인은 다른
사람에게는 안 보이는 세상을 보기 때문에 항상 새로운 세
상을 꿈꾼다. 다른 사람들은 "가죽 가방 낡은 손잡이"같은
삶의 상투성에 매몰되어 그것에 눈을 떼지 못하지만, 시인
은 땅속에 묻힌 사금파리를 보고 지도에 없는 바다를 꿈꾼
다. 현실을 바라보면서도 또다른 현실을 꿈꾸어야 하는 시
인은 이렇듯 겹눈의 시선을 포기하지 못한다. 그러므로 그
에게는 항상 벗어나야 할 현실과 도달해야 할 또다른 세상
이 마련되어 있는 셈이다.
　이런 시인의 운명을 김연숙 시인은 다음과 같은 시로 재

미있게 표현하고 있다.

>   집 앞 계단을 오르려는데
>   계단 끝에 혼자 앉아 고개 숙인 채
>   갈색 재생 노트에 낙서를 하고 있는
>   한 여자를 보았어
>   쓰여 있는 글자들을 보았지만
>   잊어버렸어 다만 그녀가,
>   제 인생을 묻고 있구나
>   길을 찾고 있구나, 이런 생각을 했어
>   내 눈길이 가닿자 무안한 듯 웃으며
>   얼른 가슴 쪽으로 글자들을 가리는
>   그녀는 그러나
>   남의 운을 읽어주는 점쟁이
>   나는 그녀에게 물었다
>   내 시집 언제 나올 거냐고
>   그것이 내게, 무엇이 되겠느냐고
>   ―「새벽 꿈」 전문

 꿈속에서 본 한 여자는 점쟁이이기도 하지만 시인 자신이
기도 하다. 그녀는 "갈색 재생 노트에 낙서를 하고 있"다.
낙서하는 행위는 시인의 시 쓰는 행위와 다르지 않다. 시인
은 그것을 "인생을 묻고 있"다고 표현하고 있다. 그런데 이

말은 시인이 의도했건 아니건 간에 이중의 의미를 갖는다. 그것은 자기 인생의 행로를 묻는 행위이기도 하고 또한 이제까지 살아온 자신의 삶을 땅에 묻는 행위이기도 하다. 하지만 그 물음과 묻음은 곧 깨어나야 할 새벽 꿈처럼 대답이 있을 수 없다. "내 시집 언제 나올 거냐"는 질문이 이 모든 것을 함축하고 있다. 시집이 완성되는 시기는 자신의 삶의 행로와 계획을 밝혀주는 것이기도 하다. 하지만 그것은 또한 자신의 삶을 묻고 새 출발하는 것이기도 하다. 시가 길을 찾는 행위이기는 하지만 그것은 또한 이제까지의 현실의 길을 포기하고 거부하는 것에서만 나온다. 그러기에 시인은 항상 떠나고 벗어나야 하지만 그 길이 무엇인지는 자신도 모르고 꿈속에서 마주친 점쟁이도 모른다. 그렇기에 그에게 시집이 언제 나올 것인가는 큰 의문이 아닐 수 없다. 그것은 시인으로서 한 세상의 완성이지만 또한 출발이기도 하고 떠나야 할 세상의 또다른 한 부분이기 때문이다.

3. 붙잡힘과 쓰기

다른 사람 눈에 안 보이는 것을 보고 상투적 일상으로부터 끊임없는 일탈과 자유를 꿈꾸는 것이 시인이기는 하지만 그는 쉽게 이 꿈에 도달하지 못한다. 그가 벗어남을 꿈꿀수록 그는 더 많은 구속과 긴박을 느끼게 된다. 다음 시가 이를 보여준다.

> 벽에 귀를 대고 느껴봐
> 소리 죽여 천천히 발자국을 떼는 기척
> 기다렸다 얼른, 변기 물을 함께 내리는
> 상하수도의 치밀한 겹 움직임
> 진땀 서늘하게 묻어나는 벽 속에서
> 흠칫 놀라 숨 멈추고 집중해오는
> 여러 개의 동그란 눈들
> 머리칼을 만지며 바삐 지나가다가
> 언제나 갸웃, 어색해지던 바로 그 자리
> 볕 안 들고 눈 안 띄는 북쪽 벽 속에
> 째깍째깍 흐르는 두 겹의 시간
> 또하나의 얇은 집
>
> —「두 겹의 꿈」 부분

  항상 벗어남을 꿈꾸는 시인에게 세상은 온통 벽으로 이루
어져 있다. 특히 이 시의 소재인 오래되고 고풍스러운 집의
담벼락은 많은 구속의 역사를 그 안에 담고 있다. 시인이 그
집의 벽을 바라보는 것은 그가 항상 떠나는 자이기 때문이
다. 그런데 이 시에서 시인은 그 벽만이 아니라 벽 속에 관
심을 가진다. 거기에 또하나의 삶이 있다. 상하수도의 치밀
한 움직임이 존재하고 그 안에서 안정을 꿈꾸고 있을 여러

사람들의 놀란 눈들도 있으리라 생각한다. 그런데 정작 시인이 관심을 가지는 것은 그 벽 너머에 있는 실제 사는 사람들이 아니라 그 벽 자체에 존재하는 유령 같은 사람들의 흔적이다. 벽이 단지 우리의 삶을 가로막는 구속이나 억압이 아니라 삶의 기록이며 또 삶 자체이기도 하다는 것이다.

이제 아무도 백년 후의 한 사람을 위하여
시를 쓰지 않지, 검은 돌에 글자를
새겨넣지도 않지
하품을 겨우 참고
흘러간 명화를 다시 보는 사람들처럼
소일(消日)했을 뿐
(아귀가 아프도록 떠들기도 했네만)

빛바랜 소파에 꼼짝 않고 앉아서
눈꺼풀을 내리는 줄무늬고양이의 시간
녹이 슬어 삭아가는 방충망을 통해
밖을 내다보며 서 있는
누군가의 옆얼굴

이마에서 흘러내리네 선명한 피 한줄기
서서히 굳어가네, 멎어드네
날벌레 엉겨드는

거기 그 조용한 금빛 그늘 속

——「키스」 부분

  현대의 우리는 가벼운 삶을 살고 있다. 검은 돌에 글자를
새기거나 백년 후의 사람을 위해 시를 쓰는 것처럼 무겁고
진지한 삶의 형식을 택하며 사는 사람은 그리 많지 않을 것
이다. 그런 진지함 대신 "하품"과 "흘러간 명화"로 표현된
권태가 지배하고 있다. 이러한 현실 속에서 우리가 할 수 있
는 일이란 그 권태에 갇혀 멍하게 밖을 바라보는 일뿐이다.
우리들은 굳어가고 멎어가는 피처럼 삶의 활기를 뺏기고 살
아가고 있는 것이다. 그런데 왜 시의 제목이 "키스"일까?
처음의 짜릿한 느낌과 모든 핏줄을 살아나게 하는 감각은
무뎌지고 상투적인 인사가 되어버리는 키스와 이 권태가 닮
았기 때문이리라.
  그런데 항상 자유를 꿈꾸는 시인은 왜 이런 권태에 붙잡
혀 살아야 하는 것일까? 그것은 간단히 말하면 사랑 때문이
다. 내 자유와 벗어남의 꿈이 누군가의 삶과 무관하지 않다
면 시인은 그 벗어남을 감행하기 쉽지 않을 것이다. 그것은
또다른 사유를 필요로 한다.

  산양 가죽으로 만든 부츠를 신고
  비 오는 겨울 도시를 걸어다녔다
  나의 살은 너의 가죽을 덧입고 안전하였다

카페에 들어가 창밖을 보며
오래 입은 가죽 코트 손끝으로 어루만진다
남의 살갗을 만지는 것은 부드럽고 슬픈 일
돌산 절벽에 단단한 뿔을 걸고
허공에서 잠들던
어린 짐승의 눈동자를 생각한다
별들 가득 반짝이는 밤하늘을 바라보다
스르르 눈을 감고 스며들던 혼자만의 잠
동굴도 바위틈도 불안하였다
둥글게 뒤로 뻗은 자신의 뿔밖에는
믿을 수 없어
짧고 검은 털 덮인 너의 피부는
그렇게 절벽 끝에서 단단해갔다
덫이, 사냥총이 그 잠을 포획했을까
흑요석 눈동자를 붙잡았을까
무두질과 염색을 거쳐 내게로 온
외롭던 잠들을 생각한다
남의 살갗을, 가죽을 만지는 일은
무섭고도 부드러운 일

내 겨울은 너의 살갗을 덧입어 춥지 않았다
잠시, 안전하였다
                                —「고트스킨」 전문

고산을 넘나드는 산양은 야생과 자유의 상징이기도 하다. 그것의 가죽으로 만든 부츠를 신는 것은 어쩌면 그 자유에 대한 대리 만족이다. 그런데 시인은 그 자유를 자유롭게 만끽하지 못한다. 그 가죽의 주인이 겪었을 외로움과 고통을 생각한다. 그리고 그 고통과 외로움이 자신에게 선사한 잠시의 따뜻함과 안전에 감사한다. 그것은 다른 존재에 대한 사랑의 깨달음이다. 이 사랑을 생각하는 순간 시인은 세상으로부터 완벽하게 벗어날 수 없다. 자신의 삶과 연루되는 누군가를 항상 떠올려야 하기 때문이고 그것과의 인연의 끈을 쉽게 단절할 수 없기 때문이다.

　그러므로 시인은 다음과 같이 쓴다.

　먼지 위에 쓴다
　손가락을 담근 물의 속살에 쓴다
　진흙 위에 쓴다 성에 위에 쓴다
　번쩍이는 청동거울 한가운데 쓴다
　모래 폭풍에 휩쓸려가는 글자들
　버스를 타고 소풍 갈 때
　앞에 앉은 아이가 창밖으로 놓친 모자를
　뒷자리의 아이가 잡아챘던 것처럼
　클릭, 하지 않으면
　꼬리를 보이며 사라져가는 글자들

그래서 누군가는 지금도
꽁꽁 접은 종이쪽을 박아넣고 있다
웅얼웅얼 돌아서서 기도하는
오래된 돌벽 틈새로

—「쓴다」 전문

시 쓰는 것은 허망한 일이다. "먼지 위"에, "물의 속살"에 쓰는 것처럼 그것은 덧없고 의미 없는 일이다. 그렇기 때문에 그것은 자유로운 일이다. 하지만 그것은 "청동거울 한가운데" 쓰는 것처럼 우아한 아름다움을 만들기도 하고 모래폭풍처럼 뜨겁고 아픈 말의 힘을 과시하기도 한다. 그런데 시인에게 가장 중요한 일은 시를 통해 누군가를 인식하는 일이다. "창 밖으로 놓친 모자를/ 뒷자리의 아이가 잡아챘던 것처럼" 나의 말이 누군가에게 의미 있는 말로 전달되기를 시인은 소망하고 있다. 그래서 "돌벽 틈새"에 갇히는 운명을 감내하더라도 자신의 시가 누군가를 위한 기도가 되기를 바라고 있다.

4. 맺으며

자유를 꿈꾸면서도 사랑 때문에 갇힌 운명을 감내해야 하는 시인은 아이러니한 존재이다. 아니 어쩌면 이 아이러니

가 시와 시인을 만들었다고 말할 수 있다. 김연숙 시인의 시
는 바로 이 벗어남과 붙잡힘, 자유와 사랑의 아이러니 속에
서 만들어진 사유의 결정체이다. 그런데 김연숙 시인은 이
것들을 사변적인 언어들로 관념화시키지도, 자의식 과잉의
경박한 언어유희로 희화화시키지도 않는다.

　　허공의 유리방에서 그는
　　등줄기가 시려
　　견갑골과 견갑골 사이로
　　칼바람이 꽂혀
　　덮어줄 이불 한 자락 없이
　　자꾸 몸을 웅크리고
　　어지러워해

　　(……)

　　아무도, 정말 아무도
　　알지 못하는
　　회전하는 유리방 속에
　　이렇게 그가 살아 있다는,
　　함께 돌며 어지러워하고 있다는,
　　멀미하고 있다는
　　이 사실은

아무도, 아무도 알 수 없고
궁금해하지 않는
이 우주 한구석의 쓸모없는
알리바이 한 조각

한 조각일 뿐
　　　　　　—「기록에 없는 자에 관한 기록」 부분

　이 시에서처럼 시인은 자신이 처한 아이러니한 상황을 솔직하게 드러내고 있다. 그것은 벗어남과 붙잡힘 사이에서 끝없이 방황하는 주저함과 망설임의 정서이다. 그런데 시인은 그 망설임을 가장하거나 거기에 감상적으로 탐닉하지 않는다. 드러내지 않고 조용히 자신의 삶을 들여다본다. 그리고 그 삶의 현장에서 느끼는 쉽고 일상적인 언어들로 구체적이면서도 살아 있는 이미지를 다시 만들어내고 있다. 이 긴장이 김연숙 시인의 시를 젊게 만들고 있다. 성숙한 사유를 낡지 않은 언어로 표현하는 시인의 감각이 놀랍다. 언어가 단순한 도구가 아니라 세상을 보는 눈이며 다른 존재와의 사랑을 나누는 몸 그 자체임을 우리는 김연숙 시인의 시들을 통해 다시 확인할 수 있다. 시 해설을 쓰면서 벌써 다음 작품이 기다려지는 이유도 바로 여기에 있다.

김연숙 1953년 서울에서 태어났다. 이화여대 국문과와 동 대학원을 졸업했다. 2002년 『문학사상』을 통해 등단했다.

문학동네시인선 075
눈부신 꽝
ⓒ 김연숙 2015

1판 1쇄 2015년 11월 15일
1판 2쇄 2015년 11월 27일

지은이 | 김연숙
펴낸이 | 염현숙
책임편집 | 김민정
디자인 | 수류산방(樹流山房)
본문 디자인 | 유현아
마케팅 | 정민호 나해진 이동엽
홍보 | 김희숙 김상만 한수진 이천희
제작 | 강신은 김동욱 임현식
제작처 | 영신사(인쇄) 경원문화사(제본)

펴낸곳 | (주)문학동네
출판등록 | 1993년 10월 22일 제406-2003-000045호
주소 | 10881 경기도 파주시 회동길 210
전자우편 | editor@munhak.com
대표전화 | 031) 955-8888
팩스 | 031) 955-8855
문의전화 | 031) 955-3576(마케팅), 031) 955-2656(편집)
문학동네카페 | http://cafe.naver.com/mhdn

ISBN 978-89-546-3746-0 03810
값 | 8,000원

* 이 책은 2011년 한국문화예술위원회의 창작기금을 수혜하였습니다.
www.munhak.com

문학동네